# L'INSTRUCTION PRIMAIRE

## POÈME EN CINQ CHANTS

### Dédié à tous les Instituteurs de France

SUIVI DE

## L'HYMNE AUX COMICES AGRICOLES

PAR

### JOSEPH LAROCHE

Officier d'Académie.

LIMOGES
IMPRIMERIE-LIBRAIRIE Vᵉ H. DUCOURTIEUX
5, RUE DES ARÈNES, 5

1874

# L'INSTRUCTION PRIMAIRE

## POÈME EN CINQ CHANTS

### Dédié à tous les Instituteurs de France

SUIVI DE

## L'HYMNE AUX COMICES AGRICOLES

PAR

### JOSEPH LAROCHE

Officier d'Académie.

## LIMOGES
### IMPRIMERIE-LIBRAIRIE Ve H. DUCOURTIEUX
5, RUE DES ARÈNES, 5

1874

# PRÉFACE

Homère a chanté la gloire des héros; Virgile a célébré les bergers et les laboureurs; pourquoi les instituteurs de l'enfance n'auraient-ils pas leur chantre?

Le poème de l'instruction primaire, célébrant les utiles travaux des vrais amis du peuple, et plein de bons conseils aux élèves de tous les âges, sera, nous l'espérons, admis, sous les auspices des maîtres, appris et répété dans toutes les écoles de France.

LAROCHE.

# L'INSTRUCTION PRIMAIRE

## POÈME EN CINQ CHANTS

### Dédié à tous les Instituteurs de France

## L'ÉCOLE PRIMAIRE

### Chant premier

C'est pour vous, chers enfants de l'école primaire,
Que la muse dicta ces vers au vieux trouvère
Qui guida quarante ans dans leurs premiers sillons
Des jeunes laboureurs les nombreux bataillons.

Des maîtres écoutez la longue expérience,
Qui peut seule éclairer votre inexpérience ;
Ne vous montrez jamais rétifs à leurs leçons,
Et suivez leurs conseils et leurs instructions.

Profitez des instants précieux du jeune âge ;
Domptez votre paresse et votre humeur volage ;
Prenez goût de bonne heure aux travaux sérieux,
Et préférez toujours l'étude à tous les jeux.

Fuyez la flânerie et le vagabondage,
De l'heure qui s'enfuit faites un bon usage.

Hélas ! que j'en ai vu de pauvres ignorants
Déplorer leur destin, et regretter le temps
Dont sans souci jadis ils consommaient la perte,
Errant loin de l'école à la jeunesse ouverte.
Honteux et repentants, oh ! qu'ils auraient voulu
Rallumer du savoir le flambeau méconnu !

Oh ! combien de leurs yeux tombaient d'amères larmes,
Quand de l'instruction ils contemplaient les charmes,
Sans pouvoir les goûter, comprendre ni saisir
Du savoir l'ineffable et ravissant plaisir !

Que leurs tardifs regrets pour vous soient un exemple ;
Venez, l'instruction va vous ouvrir son temple ;
Accourez, placez-vous sur nos modestes bancs ;
Avec joyeuseté pressez, serrez vos rangs ;

Que vos yeux attentifs aux tableaux de lecture,
Que vos doigts appliqués aux cahiers d'écriture
Obtiennent chaque jour des succès merveilleux,
Dont seront enchantés le maître et vos aïeux.

Et quand vous pourrez lire à votre bonne mère
Une lettre arrivant de la terre étrangère ;
Quand vous pourrez écrire enfin, à votre tour,
A vos frères absents, objets de votre amour,
Des mots partis du cœur, quelque tendre missive
Communiquant votre âme à leur âme attentive ;
Combien vous serez fiers ! Que vous serez heureux
De parler à leurs cœurs, de vous sentir près d'eux,

De franchir, par la poste, une énorme distance,
Et lancer votre verbe à l'univers immense ;
Car la lettre parcourt du globe tous les coins,
Et la télégraphie embrasse tous ses points.

Appliquez-vous, enfants, ornez votre mémoire ;
Que grammaire, calcul, géographie, histoire,
Agriculture, chant, arpentage et dessin,
De vos tendres cerveaux remplissent le bassin.

Enfants, la cloche sonne et la classe commence ;
Ensemble nous allons à l'immonde ignorance
Déclarer guerre ouverte, et livrer des combats
Sans cesse renaissants, chaque jour, pas à pas.

Luttons d'ardeur pour vaincre, et que chacun travaille
Pour saper, renverser la chinoise muraille
Qui cache à nos regards l'astre de l'Orient,
Et dont l'ombre protège un démon infamant :
Ange qui ne se plaît qu'aux antres solitaires,
Ange ennemi fatal de l'esprit des lumières,
Traître rival de Pline, ainsi que d'Apollon,
Brûlant d'anéantir la science et son nom.

Vous voilà réunis enfin dans votre classe,
En cercles partagés sur un étroit espace ;
Tous en ligne rangés au-devant des tableaux,
Remarquez bien la lettre, épelez bien les mots ;
Un peu de patience, et vous saurez tôt lire,
Et vous commencerez bientôt, amis, d'écrire.

En traçant mille traits qui vous amuseront,
Les phrases que vos doigts en courant transcriront,

Pour votre instruction ravissant artifice,
Seront pour vous toujours un utile exercice.

Surtout appliquez-vous à saisir le calcul,
Sans lui, pour parvenir, tout effort serait nul ;
Il faut, pour avancer dans l'art mathématique,
Joindre la théorie à beaucoup de pratique ;
Raisonner le problème et les proportions,
Et prouver justement les opérations,
Afin qu'en obtenant une exacte réponse,
On puisse atteindre au but que Pythagore annonce.

C'est ainsi que pourront les bons calculateurs
Recueillir la moisson de leurs doctes labeurs ;
C'est ainsi qu'arrachant au sol la mauvaise herbe,
Ils obtiendront un grain nutritif et superbe.

Mais ce n'est point assez de savoir calculer,
Bien lire et bien écrire ; il vous faut rassembler
Dans vos jeunes esprits diverses connaissances,
Premières notions de toutes les sciences.

Il faut, nouveaux Titans, escalader les cieux,
Des astres observer le cours mystérieux ;
Et puis, redescendant lentement vers la terre,
Pénétrer à loisir les secrets de la sphère ;
Des plantes et des fruits, des champs et des moissons,
Apprendre à distinguer les qualités, les dons,
Et réunir ensemble, à la cosmographie,
L'art de l'agriculture et la géographie,
Et fixer, au moyen des lignes du dessin,
Le mètre, la surface et le plan du terrain.

Soyez silencieux, graves, toujours tranquilles,
Attentifs aux leçons, à vos maîtres dociles ;
Et lorsque l'heure vient des récréations,
Que vos jeux, sans discorde et sans dissension,
Servent à récréer votre ardeur bouillonnante,
A délasser l'esprit d'une étude accablante,
Qui par trop prolongée, et sans un doux repos,
Donnerait la migraine à vos faibles cerveaux.

De tous les jeux divers où l'enfance s'applique,
Aucun ne conviendrait mieux que la gymnastique :
Aucun autre exercice, aucun amusement
N'est aussi beau, si sain et si fortifiant ;
Nul ne rend les enfants plus souples, plus agiles ;
Il remplit de vigueur les corps les plus débiles.

Aimez donc le gymnase, ô jeunes matelots,
Sur les haubans bravez et les vents et les flots,
Et lorsque le danger menacera vos têtes,
Calmes, vous défierez les plus sombres tempêtes ;
Exercez-vous dans l'art de la natation,
Sur les ondes, voguez ainsi que l'alcyon ;
Un habile nageur, un plongeur intrépide,
Que l'adresse conduit, que la prudence guide,
A son frère en péril peut rendre, à tous instants,
Des services nombreux, immenses, éclatants.

Lorsque, soudain, luiront les feux de l'incendie,
Forts lutteurs, vous pourrez conserver à la vie,
Par votre agilité, des enfants, des vieillards,
Qui vers vous tourneront leurs suppliants regards ;
Ineffable plaisir, céleste récompense,
Doux salaire du cœur, quand la reconnaissance

Proclamera partout les noms des sauveteurs ;
Quand vos concitoyens vous combleront d'honneurs :
Vous serez enchantés, émus, remplis de joie,
Au trépas d'avoir pu ravir sa triste proie.

Exercez-vous sans cesse, et qu'ainsi chaque jour,
Au sortir de vos bancs, le gymnase ait son tour.

Redoublez tous d'ardeur ; car le grand jour avance
Où les plus méritants auront la récompense
De l'application, du travail assidu ;
Le prix, depuis longtemps vivement attendu.

Oh ! pour vous quel plaisir lorsque vos tendres mères
Verront vos fronts ornés des couronnes si chères
Qu'un haut jury décerne aux enfants studieux !
De leur propre bonheur que vous serez heureux !
Combien vous sentirez, dans votre âme égayée,
Que votre peine amère est largement payée !

Alors vous serez fiers des travaux accomplis
Qui vous ont procuré ces couronnes, ces prix ;
Poussés par le triomphe au but de la carrière,
Vous ferez le serment que votre vie entière
Restera consacrée à l'étude, au labeur,
Qui, seuls, peuvent à l'homme offrir le vrai bonheur.

Il est encor pour vous des fêtes solennelles
Dont les doux souvenirs, les palmes toujours belles,
Gagnés dans nos cantons, aux annuels concours,
Des lauréats vainqueurs embelliront les jours.

Avec quel soin constant, même jusqu'au vieil âge,
Vous garderez ce noble et touchant témoignage

Prouvant à vos neveux votre application,
Votre goût pour l'étude et pour l'instruction.

Je sais que parmi vous, tous n'auront pas la chance
De remporter le prix ; mais gardez l'espérance,
Persévérez toujours ; sans doute l'an prochain,
Ce prix tant souhaité sera sous votre main.

Enfants, ne soyez point à ma voix incrédules ;
Non, rien n'est impossible à de vaillants émules,
Désireux de lutter, travaillant nuit et jour
Pour conquérir enfin une palme à leur tour.

Cultivez votre esprit, mais remplissez votre âme
De toutes les vertus ; que la céleste flamme
De la Divinité guide votre raison ;
Enfants, point de bonheur sans la religion,
Elle est le seul ressort de l'honneur, du civisme ;
Fermez l'oreille au dogme impur de l'athéisme,
Qui corrompt la raison, détruit le sens moral,
Et change l'ange pur en démon infernal ;
Ne reniez jamais le Dieu que votre mère,
Près de votre berceau, récitant sa prière,
Invoqua mille fois, avec l'accent du cœur,
Pour qu'il vous accordât des jours pleins de bonheur.

Quand vous-même serez enfin chefs de familles,
Vous jouirez de voir et vos fils et vos filles,
Tribus de laboureurs sages, laborieux,
Cultivant les terrains légués par les aïeux,
Troupe que le devoir et le travail anime,
Fréquentant le sentier du bien et non du crime,
Mériter le respect de leurs concitoyens :
L'affection publique est le plus grand des biens.

Heureux l'enfant instruit, laborieux et sage,
De toutes les vertus belle et vivante image,
Qui garde intacts et purs les dons de Dieu transmis,
Et qui par là devient l'honneur de son pays.

O vous, qui consacrez vos labeurs, votre vie,
A conduire, à guider les fils de la patrie,
A former, pour l'Etat, de braves citoyens ;
Vous, de l'instruction intrépides soutiens,
Dont les jours et les nuits s'emploient, dans le silence,
A prodiguer partout les fruits de la science,
Je vous souhaite à tous les palmes, les honneurs,
Trop justement conquis par vos rudes labeurs ;
D'un rustique confrère agréez pour hommage,
Ces faibles vers, tribut de votre doyen d'âge,
Qui voudrait couronner vos efforts incessants
De lauriers toujours verts, sans cesse renaissants.

Brille, flambeau du monde, Instruction primaire,
Sur tous les points répands ta féconde lumière,
Et qu'éclairés par toi, nos arrière-neveux
Deviennent chaque jour meilleurs et plus heureux.

---

# L'INSTRUCTION PRIMAIRE

## Chant deuxième

Rappelons-nous ces temps où nos braves aïeux,
Des dames et des rois, champions valeureux,
Constamment occupés de luttes incessantes,
Passaient leur vie entière abrités sous les tentes,

Amateurs des tournois, des périlleux hasards,
Et toujours oublieux de l'étude et des arts ;
Alors de l'ignorance et de la barbarie
Les voiles s'étendaient sur toute la patrie.

A peine un pauvre moine, en quelque coin obscur
D'un vieux cloître désert, lieu solitaire et sûr,
Des poètes latins exhumait les reliques,
Ou des auteurs sacrés les feuillets magnifiques.

Barons, comtes et ducs, princes petits et grands,
Aussi bien illettrés que les simples manants,
Satisfaits de savoir l'héraldique grimoire,
D'ignorer l'alphabet se faisaient une gloire ;
Et pourvu qu'il connût son antique blason,
Pourvu que d'une croix il put signer son nom,
Cela suffisait bien à tout fier gentilhomme
Recouvert de cuissarts, de brassarts et du heaume.

Que les temps sont changés ! Quels rayons lumineux
Ont remplacé la nuit de ces jours ténébreux !
Depuis que les Français ont brisé les entraves
Qui faisaient des Gaulois, leurs aïeux, des esclaves ;
Depuis qu'un peuple libre, aux combats périlleux,
A préféré l'étude et les arts fructueux,
Le plus simple hameau, le plus obscur village,
Au livre du savoir vient cueillir une page.

Cent mille instituteurs, contre les ignorants,
Ardents et résolus, s'avancent triomphants ;
Pénible est leur labeur et bien rude leur tâche ;
Le jour, la nuit, à l'œuvre appliqués sans relâche,

Ils extirpent l'ivraie, et sèment le bon grain
Dont le germe fécond nourrit l'esprit humain.

Beaucoup succomberont à la fatigue extrême ;
Beaucoup renonceront à la lutte suprême ;
Mille athlètes nouveaux, plus jeunes, plus ardents,
Des maîtres décimés reformeront les rangs ;
Des soldats du savoir, la phalange innombrable,
Frappée en vain, renaît toujours inépuisable.

Maîtres, redoublez donc et de zèle et d'efforts,
Employez les moyens les plus sûrs, les plus forts.
Afin que de l'enfant la jeune intelligence
Abondamment s'abreuve au puits de la science,
Et que l'adulte aussi, de lumière privé,
Voie enfin resplendir l'astre pour lui levé.

Dirigez vers le but leur inexpérience,
De leurs yeux écartez les voiles d'ignorance ;
Que même l'âge mûr, et parfois le vieillard,
D'instructives leçons viennent prendre leur part.

Ainsi, jadis Caton, dans l'extrême vieillesse,
Etudiait encor la langue de la Grèce ;
Repoussant de son front les ombres du trépas,
L'étude avait pour lui d'ineffables appas.

Courage, vous aurez des palmes, des couronnes,
Sage peuple français, c'est toi qui les leur donnes ;
Toi qui, l'ardent ami de l'humble instituteur,
Pour les maîtres zélés fondas ces prix d'honneur,
Bien douce récompense et trop juste salaire
Des pénibles labeurs de leur rude carrière.

Recevez notre hommage, ô bons instituteurs,
Pour vous seront toujours les vœux de tous nos cœurs ;
Sur vos modestes bancs, à vos leçons dociles,
Toujours se formeront des élèves habiles ;
Vous ne laisserez point éteindre le flambeau
Dont le rayonnement est si pur et si beau.

Brille, flambeau du peuple, Instruction primaire,
Dans tous les lieux répands ta féconde lumière,
Et qu'éclairés par toi, nos enfants studieux
Deviennent chaque jour meilleurs et plus heureux.

## PROGRÈS DE L'INSTRUCTION PRIMAIRE

### Chant troisième

Vaillants instituteurs, vous avez triomphé
Du monstre d'ignorance, à la fin étouffé
Sous vos efforts ardents, vos luttes incessantes ;
Vous avez remporté des palmes éclatantes ;
Vous avez défriché le stérile terrain,
Déraciné l'ivraie et semé le bon grain.

Les Manier, les Rouland, d'érudite mémoire,
Avaient à trop bon droit pointé d'une encre noire
Nos villages, nos bourgs, nos cantons malheureux,
Trop longtemps recouverts d'un voile ténébreux.

Vous avez effacé cette honteuse tache ;
A votre mission appliqués sans relâche,
Vous avez parcouru mille et mille sentiers,
En tous lieux recrutant de nombreux écoliers ;

De l'enfance prêchant le syllabaire utile ;
Et l'enfance attentive, à vos leçons docile,
Au livre du savoir progressant chaque jour,
Du peuple tout entier vous a gagné l'amour.
Doux prix du travail rude où votre esprit s'applique,
Vous avez mérité l'affection publique.

Mais, soldats vigilants, ne vous endormez pas,
Vous aurez à livrer encore d'autres combats ;
Des ennemis cachés viendront pour vous surprendre :
Le hibou du désert renaîtra de sa cendre ;
Corbeaux et noirs vautours, tristes oiseaux des nuits (1),
Viendront pour dévorer de vos travaux les fruits.

Du passé les amants, soutiens de l'esclavage,
Ennemis du progrès qui les remplit de rage,
Contre vous en tous lieux se coaliseront.
Sous leur joug infamant, pour courber notre front,
Des enfers surgiront les démons des ténèbres,
Enveloppant nos yeux de leurs voiles funèbres,
Tâchant d'anéantir les précieux trésors
Amassés par l'étude, objets de nos efforts ;
Cachant à nos regards l'astre de la science,
Et partout répandant l'ombre de l'ignorance,
Afin de ramener le monde perverti
Au règne de la force et de l'être abruti.

Vaillants instituteurs, dans ce péril extrême,
Vous serez préparés à la lutte suprême ;

(1) Allusion à la guerre de 1870, causant la suspension des progrès de l'instruction primaire.

Vous ouvrirez la digue à l'immense torrent
Dont l'onde engloutira le démon impuissant,
Qui, jaloux de nos biens, jurait de les détruire,
Pour, sur la barbarie, établir son empire
Et briser à jamais, sous son bras détesté,
Du monde le bonheur, la paix, la liberté.

O sacrés bataillons, avancez d'un pied ferme
Au combat dont bientôt nos yeux verront le terme ;
Faites luire partout l'admirable flambeau
Dont le rayonnement est si pur et si beau.

Brille, flambeau du peuple, Instruction primaire,
Sur tous les points répands ta féconde lumière,
Et qu'éclairés par toi, nos arrière-neveux
Deviennent à leur tour meilleurs et plus heureux.

---

## LES ÉCOLES DE HAMEAUX

### Chant quatrième

Il faut que tout Français, justement on doit dire,
Puisse apprendre partout à compter, lire, écrire,
Pour connaître à la fois ses devoirs et ses droits,
Et savoir observer et respecter les lois.

Pour atteindre ce but, il faut des myriades
D'instituteurs zélés parcourant les bourgades ;
Explorant en tous sens les plus humbles réduits
Du temple du savoir jusqu'alors éconduits,
Eclairant des colons l'intelligence obscure,
Et portant la lumière à toute créature.

Aux centres populeux de nos riches cités
S'offrent à l'ignorant toutes facilités ;
S'il veut ouvrir les yeux pour voir et pour apprendre,
Les rapides progrès ne s'y font point attendre.

Mais au fond des ravins, des hameaux malheureux,
Mis à l'écart des bourgs par des chemins affreux,
Quand la bise d'hiver répand sur la campagne
La neige et les frimas que la pluie accompagne ;
Quand les moindres ruisseaux sont changés en torrents
Qu'on ne peut traverser que sur des ponts croulants ;
Quand les eaux ont couvert de profondes ornières
Les sentiers raboteux conduisant aux chaumières,
Si l'école est trop loin, comment s'y transporter ?
Toujours assidûment comment la fréquenter ?
Comment se pourrait-il qu'à cinq, six kilomètres,
Des enfants de sept ans aillent trouver les maîtres,
Et rentrent, chaque soir, par les jours les plus courts,
Au foyer paternel, avec leurs sabots lourds ?

Quelquefois néanmoins, l'enfant, plein de courage,
Pour s'asseoir sur les bancs, s'habitue au voyage ;
Mais, hélas ! quels succès pourrait-il obtenir ?
Contre son bon vouloir tout vient se réunir.

La garde des troupeaux, des prés le balayage,
Occupent tour à tour les moments du jeune âge.
Juin arrive : voici pour lui la fenaison ;
Juillet : voici le temps de couper la moisson,
Et tantôt la châtaigne, et tantôt la vendange,
De l'école envahie enlèvent la phalange ;
Seulement, quand décembre amène les frimas,
Vers la classe l'enfant peut diriger ses pas.

A cette grave plaie il faut un grand remède ;
Quand l'enfant veut s'instruire, il est juste qu'on l'aide.
Dans tous nos grands hameaux, auprès de lui plaçons
Les moyens d'obtenir d'instructives leçons ;
Que le froid, les travaux, les chemins, la distance,
Ne puissent plus offrir d'entrave à la science ;

Que de nombreux adjoints, studieux débutants,
Aux classes des hameaux consacrent leurs talents,
Et qu'aux points principaux d'une vaste commune,
S'ouvrent, s'il est besoin, vingt classes au lieu d'une.

Alors pas un enfant ne leur échappera,
Au sortir du berceau l'école le prendra,
Et dans toute saison, chaque jour, à toute heure,
La leçon lui sera présentée à demeure ;
Alors on pourra voir et constater de près
Des enfants des hameaux les rapides progrès.

Et vous, instituteurs, vous, nos bien-aimés frères,
Secondez les efforts des soutiens tutélaires,
Ardents propagateurs des écoles primaires.

Tous amis des colons du modeste hameau,
Faites luire partout l'admirable flambeau
Dont le rayonnement est si pur et si beau.

Brille, flambeau du monde, Instruction primaire,
Dans tous les lieux répands ta féconde lumière,
Et qu'éclairés par toi, nos enfants studieux
Deviennent tous instruits, sages et vertueux.

# LES COURS D'ADULTES

## Chant cinquième

Vous dont l'insouciance et le vagabondage
Ont consumé le temps précieux du jeune âge
A folâtrer, au lieu d'apprendre pour savoir
Des citoyens français les droits et le devoir,
Vous qui ne savez rien dans l'art de l'écriture,
Rien de l'arithmétique et rien de la lecture ;
Vous pour qui la science et ses livres divers
Sont d'antiques sphinx à vos regards offerts ;
Accourez, venez tous; pour vous l'école ouverte
Des jours mal employés réparera la perte,
Votre esprit vers le but tendant avec ardeur
De l'étude avec goût subira le labeur.

L'astre de la science, irradiante étoile,
De la brute ignorance écartera le voile;
Vos yeux, par ce flambeau céleste dessillés,
Des dons brillants des arts seront émerveillés.

Ici vous formerez, par l'amour de l'étude,
De votre jugement l'aplomb, la rectitude,
Ici vos cœurs touchés, enchantés et surpris,
Des arts et des talents apprécieront le prix,
Et plus vous apprendrez, plus vous voudrez appren

Votre esprit, curieux de tout voir, tout entendre,
A la réflexion sans relâche appliqué,
D'un pas ferme avançant vers le point indiqué,
Acquerra promptement toutes les connaissances,
Qui sont le syllabaire et la clé des sciences.

Economes du temps, vous fuirez avec soin
L'infâme cabaret, trop souvent le témoin
De plaisirs dégradants, des triomphes du vice,
Qui fut de l'ignorance en tous temps le complice.

Sages et tempérants, par vos mâles efforts,
Enrichissant vos cœurs, fortifiant vos corps,
Vous jouirez en paix de la plus douce vie,
Chéris de la famille, aimés de la patrie.

Jeunes hommes, allons, ne négligez donc pas
L'étude ravissante et ses divins appas ;
Qu'à chaque nouvel an, de l'hiver les soirées,
A l'étude, au travail, soient toutes consacrées.

C'est là qu'est le plaisir, c'est là qu'est le bonheur ;
Jamais le savoir n'offre un mirage trompeur,
La science est de tous les biens le plus solide,
De l'homme elle est l'appui, la fortune, le guide.

Si parfois, du labeur, votre cerveau lassé,
Ne peut saisir l'idée et reste embarrassé,
Ne vous rebutez point ; c'est par la patience
Que vous réussirez à vaincre l'ignorance.
Quiconque le veut bien, à force de vouloir,
Parvient à tout saisir, parvient à tout savoir.

Quand vous aurez du maître écouté la parole,
Lorsque vous sortirez plus instruits de l'école,
Vous sentirez en vous la satisfaction
Qu'inspire à tous la saine et bonne instruction.

Quand le raisonnement peut enfin vous permettre
De résoudre un problème et d'écrire une lettre,

D'opérer l'arpentage et dessiner un plan,
De connaître la sphère et son manteau brillant,
D'admirer les tableaux du temple de mémoire
Pour les siècles futurs burinés par l'histoire ;
Alors, heureux d'avoir acquis tous ces talents,
Vous bénissez le maître et ses soins incessants.

Entourez de respect, d'affection profonde
Ces professeurs zélés, ces apôtres du monde,
Qui consument leur force, usent leurs plus beaux jours
Pour instruire l'enfance, en tous lieux et toujours.

Instituteurs aimés, guides de la famille,
Par qui l'instruction se développe et brille,
Persévérez sans cesse en vos rudes labeurs,
Et vous remporterez les palmes des vainqueurs.

Les générations viendront à tour de rôle,
Entendre vos leçons, fréquenter votre école,
Quand l'âge affaiblira vos sens et votre voix,
Les mères, les enfants accourront à la fois
Vous prodiguer à tous des marques de tendresse,
Et d'amour entourer votre noble vieillesse.

Faites luire partout l'admirable flambeau
Dont le rayonnement est si pur et si beau.

Brille, flambeau du monde, Instruction primaire,
Dans tous les lieux répands ta féconde lumière,
Et qu'éclairés par toi, nos arrière-neveux
Deviennent tous instruits, sages et vertueux.

FIN DU POÈME DE L'INSTRUCTION PRIMAIRE

# HYMNE AUX COMICES AGRICOLES

Que j'aime, ô laboureurs, vos luttes pacifiques,
Vos comices brillants et vos joutes publiques!
Oh! combien j'aime à voir de tous vos animaux
Le concours des plus gras, des plus forts, des plus beaux,
Disputant à l'envi les palmes solennelles,
Que le Jury décerne aux races les plus belles.

Au grand tournois rural vous voilà réunis,
Etalant les produits de vos soins infinis;
Avec quel juste orgueil vous entrez dans la lice
Pour emporter les prix, les honneurs du comice!

Sur un vaste terrain, je vois les forts lutteurs,
De leur charrue armés, habiles laboureurs,
Fouillant le sein fécond d'une fertile terre,
Dont les fruits abondants deviendront leur salaire.

Secondés de leurs bœufs, ils tracent des sillons
Disposés avec art, réguliers et profonds;
De la chôme, longtemps inculte, abandonnée,
Ils offrent au soleil la terre retournée,

Et de l'astre du jour les rayons bienfaisants
Feront naître et mûrir les épis jaunissants.

Jeunes agriculteurs, ne craignez point la peine,
Au bout du long sillon vous reprendrez haleine,
Et quand viendra l'hiver, l'hiver de vos vieux ans,
Vous jouirez en paix des labeurs du printemps.

Amis, transportons-nous sur la verte prairie
Où vos troupeaux nombreux paissent l'herbe fleurie ;
Contemplons, admirons vos superbes taureaux,
Vos aides vigoureux dans vos rudes travaux.

Vantons les qualités de vos vaches laitières,
Dont le lait abondant répand dans vos chaumières,
Aliment pur et sain, la force et la santé,
Et donne à votre teint la fraîcheur, la beauté.

Prisons les beaux sujets de race lanifère
Dont la chair succulente, aliment salutaire,
Redonne la vigueur aux estomacs perclus,
Dont l'organe affaibli ne fonctionnait plus.

Mais ne dédaignons point cet animal immonde
Dans la fange plongé ; sur sa graisse se fonde
Le talent des Carême et Brillat-Savarin,
Amis du saucisson, amateurs du boudin.

Sachons apprécier les services utiles
Que rendent chaque jour vos bruyants volatiles ;
Leurs œufs appétissants, leurs membres délicats
Offrent au gastronome un succulent repas.

Heureux cultivateurs, quel bonheur est le vôtre !
Bénissez votre sort, n'en souhaitez point d'autre ;
Soignez votre bétail, vos jardins et vos champs,
Qui vous enrichiront par leurs fruits abondants.

Aimez l'instruction qui sera votre guide,
Écartez loin de vous la routine perfide ;
Adoptez, pratiquez les procédés nouveaux
Qui triplent les produits des domaines ruraux,

Mais surtout n'allez pas déserter pour la ville
Votre hameau natal, votre foyer tranquille ;
Qu'un luxe ruineux et ses appas trompeurs
Ne séduisent jamais vos regards ni vos cœurs.

Fuyez ce faux brillant, cet éclat éphémère
Qui trop souvent ne voile aux yeux que la misère ;
Vos bois, vos prés, vos champs, voilà le vrai trésor,
Le bien le plus solide et préférable à l'or.

A vous les chants joyeux et l'air pur des campagnes,
Les parfums des vallons, les échos des montagnes ;
A vous le jour entier, les rayons du soleil,
A vous le doux repos d'un bienfaisant sommeil,
A vous tous les plaisirs qu'accorde la nature
Au corps robuste et sain qu'habite une âme pure.

Honneur vous soit rendu, vaillants cultivateurs,
Qui fécondez la terre au prix de vos sueurs,
La terre qui sera toujours la nourricière
Des enfants attachés à cette bonne mère,
Qui récompensera l'ouvrier laborieux
De ses constants efforts, de son zèle soigneux.

Pour nous qui connaissons la valeur, le mérite
De nos bons villageois pour qui tout cœur palpite,
Décernons-leur les prix gagnés par leurs travaux,
De médailles d'honneur décorons les hameaux.

Des vétérans des champs consacrons la mémoire ;
Élevons des autels à leur utile gloire ;
En lettres d'or qu'on lise, inscrits de toutes parts,
Ces mots : « l'Agriculture est le premier des arts. »

FIN.

Limoges, Imp. vᵉ H. Ducourtieux, rue des Arènes, 5.

LIMOGES

IMPRIMERIE DE Mme Ve H. DUCOURTIEUX,

5, RUE DES ARÈNES, 5.

www.ingramcontent.com/pod-product-compliance
Lightning Source LLC
Chambersburg PA
CBHW061624180626
46818CB00005B/2224